El Pequeño Hoo va a la Playa

Little Hoo goes to the Beach

Brenda Ponnay

¡Es un día hermoso!
¿Un día perfecto para la playa!
It's a beautiful day!
A perfect day for the beach!

¿Qué le pasa al Pequeño Hoo?

¿Le tienes miedo al océano?

What's wrong Little Hoo?

Are you afraid of the ocean?

¿A que le temes Pequeño Hoo?

What are you afraid of, Little Hoo?

¿A las grandes, gigantes y espantosas olas?

Big, giant, scary waves?

No te preocupes Pequeño Hoo.
Las olas no serán tan grandes.
¡Y papá Hoo estará ahí!

Don't worry, Little Hoo.
The waves won't be that big.
And Papa Hoo will be there!

¡Él te tomara de la
mano y podrán
Saltar juntos sobre las olas!

He'll hold your hand and
you can jump over the
waves together!

¿A que le temes Pequeño Hoo?

What are you afraid of, Little Hoo?

¿A los espeluznantes, animales rastreros
Que caminan por la playa y pellizcan?

Creepy, crawly animals that
walk along the beach and pinch?

No te preocupes Pequeño Hoo.

Don't worry, Little Hoo.

Solo dales espacio y ellos no te molestaran.

Just give them space and they will not bother you.

¿A que le temes
Pequeño Hoo?

What are you afraid of,
Little Hoo?

¿A las apestosas, viscosas y resbaladizas algas?

Stinky, slimy, slippery kelp?

No te preocupes Pequeño Hoo.
Las algas no te harán daño. Ni siquiera tienes que
tocarlas si no quieres hacerlo.
Don't worry Little Hoo. Kelp won't hurt you. You don't
even have to touch it if you don't want to.

¿A que le temes Pequeño Hoo?
¿A un aterrador y gran tiburón?
What are you afraid of Little Hoo?
A big scary shark?

¡No te preocupes Pequeño Hoo!
Aquí no hay tiburones.
¡Solo delfines amigables!

Don't worry Little Hoo!
There are no sharks here.
Just friendly dolphins!

Así que vamos a la playa
¡Y divirtámonos!

So let's go to the beach
and have some fun!

CPSIA information can be obtained at www.ICGtesting.com
Printed in the USA
LVIW01n1441250517
535837LV00008B/72